Autor

Joshua Wiewinner

Mein Name ist Joshua und ich liebe Jesus. Bereits in meiner Kindheit haben mich Geschichten fasziniert, egal ob Märchen, Mythen, historische Geschichte, ihre Charaktere sollten uns dazu inspirieren bessere Menschen zu werden und im ganzen sollten sie unsere Gedanken auf Güte, Schönheit und Gerechtigkeit ausrichten. Der Bereich "Christliches-Kinder-Fantasy" ist eher eine Nische. Man hat oft nur die Auswahl zwischen weltlichem Fantasy oder christliche Lektüre. Diese Nische möchte ich gerne vergrößern, dadurch inspirieren und gleichzeitig zeigen, wie wundervoll das Leben mit Gott ist. Diese Geschichte habe ich für die Kinder meiner Kirche geschrieben und bin gespannt, was sich aus dieser noch alles entwickeln wird.

Ich danke Jesus, dass ich eine solche Leidenschaft für dieses Projekt haben darf und Vision für noch viel mehr, ich danke meinem Stiefvater Thilo Fritz, dass er so viel Interesse an diesem Projekt zeigt und mich ermutigt in dem was ich tue und ich danke Anja Sutter, welche mir durch starke Kritik und ihrem Wissen als Linguistin geholfen hat, dieses Buch abzurunden.

Bibliografische I nformation de r Deutschen Na tionalbibliothek: Die Deu tsche Nationalbibliothek verzeichnet diese Publikation i n d er Deutschen N ationalbibliografie; det aillierte bibliografische Date sind im Internet über dnb.dnb.de abrufbar.

Alle Bilder wurden mit der Canva-KI erstellt.

Verlag: BoD · Books on Demand GmbH, Überseering 33, 22297 Hamburg, bod@bod.de

Druck: Libri Plureos GmbH, Friedensallee 273, 22763 Hamburg

ISBN: 978-3-7693-1681-0

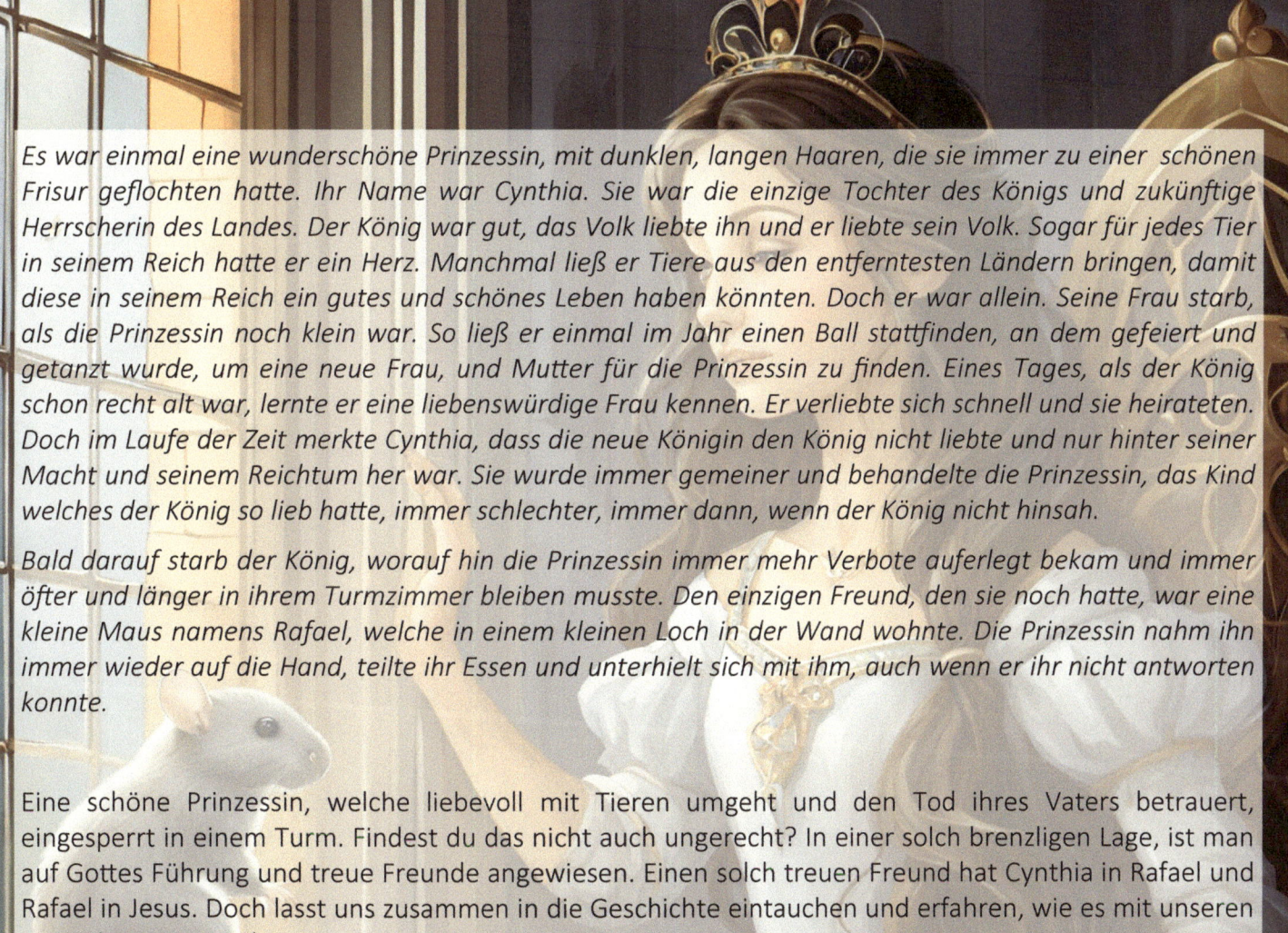

Es war einmal eine wunderschöne Prinzessin, mit dunklen, langen Haaren, die sie immer zu einer schönen Frisur geflochten hatte. Ihr Name war Cynthia. Sie war die einzige Tochter des Königs und zukünftige Herrscherin des Landes. Der König war gut, das Volk liebte ihn und er liebte sein Volk. Sogar für jedes Tier in seinem Reich hatte er ein Herz. Manchmal ließ er Tiere aus den entferntesten Ländern bringen, damit diese in seinem Reich ein gutes und schönes Leben haben könnten. Doch er war allein. Seine Frau starb, als die Prinzessin noch klein war. So ließ er einmal im Jahr einen Ball stattfinden, an dem gefeiert und getanzt wurde, um eine neue Frau, und Mutter für die Prinzessin zu finden. Eines Tages, als der König schon recht alt war, lernte er eine liebenswürdige Frau kennen. Er verliebte sich schnell und sie heirateten. Doch im Laufe der Zeit merkte Cynthia, dass die neue Königin den König nicht liebte und nur hinter seiner Macht und seinem Reichtum her war. Sie wurde immer gemeiner und behandelte die Prinzessin, das Kind welches der König so lieb hatte, immer schlechter, immer dann, wenn der König nicht hinsah.

Bald darauf starb der König, worauf hin die Prinzessin immer mehr Verbote auferlegt bekam und immer öfter und länger in ihrem Turmzimmer bleiben musste. Den einzigen Freund, den sie noch hatte, war eine kleine Maus namens Rafael, welche in einem kleinen Loch in der Wand wohnte. Die Prinzessin nahm ihn immer wieder auf die Hand, teilte ihr Essen und unterhielt sich mit ihm, auch wenn er ihr nicht antworten konnte.

Eine schöne Prinzessin, welche liebevoll mit Tieren umgeht und den Tod ihres Vaters betrauert, eingesperrt in einem Turm. Findest du das nicht auch ungerecht? In einer solch brenzligen Lage, ist man auf Gottes Führung und treue Freunde angewiesen. Einen solch treuen Freund hat Cynthia in Rafael und Rafael in Jesus. Doch lasst uns zusammen in die Geschichte eintauchen und erfahren, wie es mit unseren Freunden weiter geht...

Heldenherzen

Rafael die Heldenmaus

„Ach Rafael, was soll ich denn noch tun, dass ich wieder in Freiheit leben kann?", klagt die Prinzessin der kleinen Maus ihr Leid, „Jetzt kann mir nur noch ein Wunder helfen!"

Der kleine Mäuserich antwortet ihr: „Ein Wunder ist doch ein Klacks! Wir fragen einfach Gott, ob er uns hilft!"

Leider verstehen Menschen keine Mäuse, so hört Cynthia nur ein aufgeregtes piepsen. Sie lehnt sich auf den Fenstersims, atmet die frische Luft ein und beobachtet eine Taube, welche gerade auf einem der Dächer ihr Gefieder putzt: „So nah ist die Freiheit und doch unerreichbar. Wenn ich doch nur Flügel hätte, dann könnte ich einfach zum Fenster raus fliegen!"

Da knallt plötzlich die Tür auf und die Stiefmutter der Prinzessin kommt auf sie zu, während ihr Schäferhund, in der Tür steht: „Ich wollte mich nur noch verabschieden! Wie du weißt, werde ich in wenigen Tagen die neue Königin sein und dich irgendwie los werden. Dann werde ich mich nicht mehr mit dir herumschlagen müssen. Ich versuche ein paar Tränen um dich zu verdrücken, versprechen kann ich aber nichts!"

Rafael, der mit Cynthia gemeinsam von der Freiheit geträumt hat, schreckt jäh auf und schaut hinter der Prinzessin hervor und wirft der Stiefmutter einen grimmigen Blick zu.

„Ahhhh, eine Maus!", schreit die Stiefmutter los und schnipst Rafael aus dem Fenster.

„Nein, Rafael!", ruft die Prinzessin der kleinen Maus hinterher, „Was hast du getan?"

Die Stiefmutter lacht abfällig: „Du hast wirklich ein zu großes Herz, genau wie dein Vater. Wenn du sogar dem Ungeziefer hinterher trauerst, würdest du eh keine gute Herrscherin abgeben! Ich wünsche dir noch ein paar schöne letzte Tage." Die Stiefmutter lacht abfällig, dreht sich um und stolziert dramatisch aus dem Zimmer.

„Ach Rafael," trauert die Prinzessin, „Jetzt hoffe ich auf ein Wunder für dich!"

Der Turm der Prinzessin ist der Höchste Punkt der Burg und Rafael fällt an jedem Raum vorbei, den es in der Burg hat: Der Baderaum, mit der größten Badewanne im gesamten Reich, das Kinderspielzimmer mit allerlei Spielzeugen, Dem Thronsaal in dem die Krönung stattfinden wird, das Arbeitszimmer des Königs und der Eingangshalle, in der die meisten Wachen der Burg stehen.

Rafael fällt und fällt, sieht die Dachzinnen immer weiter auf sich zukommen und ruft nach Gottes Hilfe. Durch die gebogene Form des Daches, prallt die kleine Maus nicht auf, sondern rutscht wie auf einer Rutschbahn herunter, bis er wieder in die Luft geschleudert wird. Schnell nimmt er Geschwindigkeit auf und wird von Dach zu Dach geworfen. Zum Schluss rutscht er über eines der tiefsten Dächer, welches ihn hoch in die Luft katapultiert und über die Burgmauer schleudert. Auf der anderen Seite landet Rafael in einem Laubhaufen und kommt unbeschadet auf einer großen Wiese vor der Burg an.

„Vielen Dank fürs Beschützen!", ruft Rafael in den Himmel hinauf, „Jetzt brauche ich noch einmal deine Hilfe. Ich muss meine Freundin retten, doch ich weiß nicht wie.

Ich weiß ja nicht einmal, wie ich wieder zurück in die Burg komme!"

Da erblickt er eine Gefängniskutsche in der Nähe, welche zu der Burg fährt. Nicht ganz sicher, ob er mit dieser reisen möchte, schaut er sich um und sein Blick fällt auf den Abfluss der Burg. Rafael ist nicht der beste Schwimmer, doch irgendwie muss er ja wieder zurück. Da hört er plötzlich ein lautes Piepen hinter sich. Er dreht sich um und sieht eine Taube hinter sich stehen, die recht hungrig wirkt.

Rafael fragt vorsichtig: „Guten Tag, ich habe ein Problem! Ich muss ganz dringend in die Burg dort, bis ganz nach oben. Wenn du mich dort hinbringst, belohnt dich die Prinzessin bestimmt mit einem riesigen Vorrat an Brotkrumen!"

Die Taube schaut die kleine Maus verständnislos an, oder besser gesagt an ihr vorbei. Denn das eine Auge der Taube schaut nach rechts und das andere nach links und ihre Zunge hängt heraus. ´Ein lustiges Bild´, denkt sich Rafael.

„Hallo, hast du mich gehört?", ruft Rafael der Taube zu, doch diese scheint ihm nicht wirklich zuzuhören.

Statt dem kleinen Mäuserich zu helfen, fängt sie an nach ihm zu picken. Ihr Schnabel saust auf ihn zu und Rafael muss schnell zur Seite springen um diesem auszuweichen. Die Taube versucht erneut nach ihm zu picken und schlägt ihren Schnabel immer wieder auf den Boden, in der Hoffnung Rafael zu erwischen. Doch die kleine Maus rennt und springt durchs Feld hindurch.

Hin und her, im zick zack rennen die beiden auf die Burg zu. Kurz vor der Burg, Rafael ist gerade dabei in den Abfluss zu springen, erwischt die Taube ihn am Schwanz. Doch Rafael wehrt sich. Er haut der Taube auf die Nase, welche sich so erschreckt, dass sie die kleine Maus herumwirbelt und los lässt. In einem großen Bogen fliegt Rafael über die Burgmauer und kommt auf der anderen Seite wieder auf.

„So, der erste Teil ist geschafft, danke dir!", ruft Rafael zum Himmel hinauf.

Das Haus der Königsfamilie, liegt in der Mitte der Burg. Rafael bahnt sich einen Weg durch die Straßen, wo ihm eine ältere Frau auffällt, die einen Korb in der Hand hält und in Richtung des Königshauses läuft. Schnell rennt er zwischen Dutzenden Füßen hindurch, klettert den Korb hinauf, schiebt den Deckel ein Stück zur Seite und lässt sich in den Korb fallen. Im Korb landet er weich auf einem Haufen Salat. So lässt Rafael sich quer über den Marktplatz zum Königshaus tragen. Doch plötzlich hält der Korb an, der Deckel öffnet sich und ein riesiges Käserad fällt auf den Mäuserich. Dann wird Rafael schwarz vor Augen.

Etwas später erwacht die kleine Maus, schiebt den dicken Käse nach oben aus dem Korb heraus und hält sich eine Hand an den Kopf: „Das hat ganz schön weh getan.“

Jede Menge Karotten, Salat, Kartoffeln und viel anderes Gemüse befindet sich in einem Regal weit über unserem kleinen Helden. Der Raum, in dem er sich nun befindet, ist dunkel. Auf einem Regal sieht Rafael einen kleinen braunen Beutel. Neugierig klettert er hinauf. Auf halben weg rutscht er ab und sucht halt an einer Flasche, welche dabei aus ihrer Halterung raus rutscht. Mit einem lauten Klirren zerspringt diese am Boden, während Rafael sich gerade noch so am Regal halten kann. Er setzt seinen Weg fort. Oben angekommen öffnet er den Beutel. Dort drin sind kleine weiße Kristalle, welche Rafael vorsichtig probiert.

´Salz, das könnte noch nützlich werden!´, denkt sich Rafael.

Da der Beutel könnte eine gute Mäusetasche abgeben könnte, nimmt er diesen mit und hängt ihn sich um. Danach klettert er vorsichtig wieder herunter und läuft durch ein kleines Loch in der Tür, welches eine perfekte Mäusegröße hat.

Er kommt in einen riesigen Raum mit einem großen Tisch, vielen Waschbecken, Feuerstellen und unzähligen Töpfen.

„Ich bin in der königlichen Küche!“, freut sich Rafael.

Fußschritte sind zu hören und unser Mäuserich versteckt sich schnell unter dem Tisch. Die Frau, die Rafael im Korb herumgetragen hat, läuft geschwind auf den Raum zu, in dem die kleine Maus so einen Lärm veranstaltet hat.

Sie ruft aufgebracht durch die Küche: „Kuschel, bist du schon wieder im Vorratsraum?! Wie oft muss ich diese Katze hier noch herausjagen. Wo versteckst du dich?“

Wütend stampft die Frau wieder aus der Küche heraus und schlägt die Tür hinter sich zu. Rafael ist wieder allein. Um sich eine bessere Sicht zu verschaffen, klettert er auf den Tisch hinauf und schaut, wie er aus der Küche am besten in den Turm kommt. Cynthia hat ihn früher zwar immer heimlich mit herunter genommen, damit er etwas Käse essen kann, doch musste er sich dabei immer verstecken und kennt somit den Weg nicht. Fragend ruft er nach oben: „Ich weiß leider nicht, wo ich lang muss. Kannst du mir einen... äh... Schubs in die richtige Richtung geben?

Rafael glaubt eine Antwort zu hören. Zumindest ein Geräusch, doch das hört sich nicht nach einer Stimme an. Mehr nach einem… Fauchen und Knurren. Hinter im steht Kuschel, doch Rafael findet, die alte, schwarzgraue Katze wird diesem Namen nicht gerecht. Mit gefletschten Zähnen und ausgefahrenen Krallen hat diese sich über den Mäuserich gebeugt. Ein Glück hat Rafael den Beutel mit Salz gefunden. Er greift in die Tasche und wirft der furchterregenden Katze eine Hand voll ins Gesicht. Die Katze faucht vor Schmerz, stellt sich auf ihre Hinterbeine und fällt vom Tisch. Rafael ergreift die Gelegenheit, springt vom Tisch und rennt los. Die Katze, die sich noch vom Sturz erholt und sich das Gesicht hält, sieht verschwommen die kleine Gestalt der Maus in der Ferne davonlaufen.

Aus der Küche raus, läuft Rafael etwas langsamer und versucht durchzuschnaufen. Der Flur in dem er sich befindet ist kalt und steinern. Das hier muss die Etage der Bediensteten ganz unten sein. Vorsichtig läuft er an vielen verschiedenen Türen vorbei, in denen sich verschiedene Arbeitsbereiche befinden müssen. Doch unser kleiner Held sucht nur die Treppe nach oben. Je weiter er läuft, desto leichter fühlt er sich. Verwundert von diesem Gefühl, schaut der kleine Mäuserich nach hinten und bemerkt eine lange weiße Spur aus Salzkörnern.

Oh Nein!", Rafael untersucht erschrocken seinen Beutel, der einen Riss hat, „Das wird Kuschel direkt zu mir führen!"

Die kleine Maus läuft panisch zurück und versucht die Spur zu verwischen, doch viel bringt es nicht. Rafael schaut sich verzweifelt um, was er jetzt machen könnte: Die Treppe könnte schon hinter der nächsten Abbiegung sein, aber auch noch Mäuse-Meilen weg und Kuschel könnte ihm bereits auf der Fährte sein.

Was soll ich denn jetzt machen?", fragt Rafael nach oben.

In dem Moment geht eine der Türen einen kleinen Spalt weit auf. Leider nicht weit genug, um zu sehen, was sich hinter der Tür befindet. Rafael bezweifelt, dass dies ein Zufall ist. Schnell quetscht er sich durch den kleinen Spalt und steht in einem schwach beleuchteten Raum, mit vielen verschiedenfarbigen Schnüren, Fäden und Stoffen, die zusammen mit allerlei Nähutensilien auf Tischen liegen.

Das ist das Nähzimmer! Der kleine Mäuserich schaut sich um und läuft zwischen all den Tischen und Stühlen umher. Einige menschengroße Puppen stehen herum, welche schöne Kleider und Roben tragen.

Neugierig sucht Rafael den Weg auf einen großen Tisch, auf dem allerlei spannende Dinge herumliegen. Da er bereits hier ist überlegt sich der Mäuserich, dass er schnell seine Tasche flicken könnte. Doch dann fällt ihm etwas auf.

Unter dem Tisch, in der Wand, steckt zwischen den Steinen ein kleiner Papierfetzen in Mäusegröße. Vorsichtig zieht er diesen Zettel heraus und liest sich durch, was auf diesem geschrieben steht.

Zettel:

Ein Abenteurer ist stets bedacht, dass er sich ein Ausweg schafft.

Nach draußen geht es durch die Tür. Diese ist sehr weit über dir.

- Fridolin

„Das ist von meinem Ur-Opa Fridolin!", jauchzt Rafael auf, „Er war einer der verwegensten Abenteurer in der Mäuse-Geschichte."

Um eine bessere Übersicht zu bekommen und seinen Beutel zu reparieren, klettert er leichten Fußes auf den Nähtisch. Weit über sich in der Wand, knapp über einem Bücherregal, erblickt er die Tür, die im Rätsel beschrieben wird.

„Und dort komme ich weiter!", freut sich Rafael.

Er bindet sich mit einem Band noch eine Nadel um die Hüfte, fast so wie einen Degen und fängt an zu klettern. Es ist ein harter Weg, doch er erreicht die Tür, öffnet sie und verschwindet im Geheimgang. Ein kleiner Tunnel, welcher mit Laternen geschmückt ist um diesen zu erleuchten, bietet sich vor unserem Helden dar. Er läuft und läuft durch den düsteren Tunnel. An unzähligen Ecken biegt er ab, läuft sogar ein Stück durch den Abfluss durch, bis er auf eine Treppe stößt, welche er nach oben geht.

Oben angekommen öffnet er eine Tür und sieht Rot. Eine rote Wand versperrt den Durchgang. Er drückt dagegen und erschrocken davon, dass die Wand nachgibt, fällt er hindurch, in einen großen Flur der Menschen. Die rote Wand, ist ein Vorhang. Ebenfalls sind hier auch ein roter Teppich, goldene Möbel und viele Gemälde. Rafael schaut sich um. Nach Rechts den Flur entlang, erblickt er eine große Doppeltür, die zum Thronsaal führt. Zu seiner Linken verläuft der Weg um eine Ecke, hinter der er nicht weiß, was ihn erwartet.

Die große Tür ist keine Option, da es im Thronsaal keine Möglichkeit gibt, nach oben zu kommen. Daher läuft er weiter nach Links um die Ecke. Auch hier ist der Flur mit roten Tüchern und Gemälden geschmückt, doch anders als im Flur zuvor, stehen hier an den Seiten dekorative Ritterrüstungen. Erstaunt läuft der Mäuserich an den Rüstungen vorbei, die schon fast lebendig aussehen. Sein Vater hat ihm früher viele Geschichten von Menschen-Rittern erzählt, die große Heldentaten vollbrachten. Diese Geschichten haben in Rafael den Wunsch geweckt, selbst einmal eine Heldentat zu vollbringen und ein mutiger Abenteurer zu werden. Jetzt, wo er selbst in einem solchen Abenteuer drin steckt, fühlt sich das plötzlich ganz anders an, als er es sich vorgestellt hat. Alles ist so schwer, ständig muss er vor jemandem davon laufen oder neue Wege finden. Doch die Prinzessin, seine beste Freundin, zu retten, ist es ihm Wert weiter zu gehen.

So langsam kommt ihm dieser Flur ziemlich lang vor. Rafael denkt darüber nach, wie er denn überhaupt die Prinzessin retten kann, wenn er erst mal oben beim Turm angekommen ist. Denn die Stiefmutter ist eine gefährliche Frau. Rafael graut es vor dem Wort „beseitigen", welches die Stiefmutter Cynthia angedroht hat. Das wird auf jeden Fall nicht einfach. Mit einem großen Schreck wird Rafael aus seinen Gedanken gerissen, als eine Lanze vor ihm auf den Boden knallt. Mit einem großen Sprung, weicht er dieser aus.

„Entschuldigung!", ruft eine der Ritterrüstungen.

Rafael weiß nicht, ob er verängstigt oder verwundert sein soll. `Hat die Rüstung gerade gesprochen?`

„Geht es dir gut? Ich hoffe, ich habe dir keinen zu großen Schrecken eingejagt", entschuldigt sich die Rüstung bei Rafael.

„Du kannst sprechen?", fragt Rafael unglaubwürdig.

„Natürlich, wieso sollte ich das nicht können?", entgegnet die Rüstung, als wäre es ganz normal, dass Rüstungen sprechen können.

Rafael schaut die Rüstung, welche weiterhin komplett still steht, skeptisch an. Plötzlich öffnet sich das Visier des Helmes und ein Frosch schaut heraus.

„Hallo, mein Name ist Froshua!", stellt sich der grüne Geselle vor, „Heute Abend stehen Froschschenkel auf der Speisekarte der Stiefmutter, deswegen verstecke ich mich hier!"

Glücklich darüber, die Erklärung für diese fragwürdige Szene gefunden zu haben, stellt sich der Mäuserich ebenfalls vor: „Hallo, ich bin Rafael und ich habe vor die Prinzessin zu retten. Weißt du, wie ich weiter in den Turm komme?"

„Den Weg in den Turm kenne ich nicht, aber die Köchin hat mich bis in die Bibliothek gejagt, als ich davon gesprungen bin. Diese besteht aus zwei Stockwerken und von unten konnte ich oben verschiedene Türen sehen. Vielleicht führt davon eine zur Prinzessin.", erklärt Froshua, „Andere Frage, weißt du wie ich hier wegkomme, ohne durch die Küche zu gehen?"

Rafael erzählt dem Frosch von dem Geheimgang hinter dem Vorhang und dass dieser durch den Abfluss führt. Die Beiden verabschieden sich und Rafael läuft durch den Flur, auf der Suche nach der Bibliothek. Er muss nur noch einmal um die Ecke abbiegen und...

Vor den Türen der Bibliothek steht der Schäferhund von Cynthias Stiefmutter und schaut Rafael mit einem gefährlichen Blick an. Erschrocken von Zähnchens grimmigen Blick, stolpert der kleine Mäuserich nach hinten und stößt gegen eine Rüstung, welche anfängt zu kippen. Die Rüstung kippt gegen die Nächste und löst einen Domino-Effekt aus, bis alle Rüstungen kaputt auf dem Boden liegen. Jetzt steht Rafael wie paralysiert zwischen dem Metall und weiß nicht, was er machen soll. Unser Held hört wie die Tür aufgeht und gleichzeitig ein lautes Bellen auf ihn zu sprinten. Zähnchen prescht um die Ecke und düst auf Rafael zu. Schnell springt der Mäuserich in einen Ketten-Handschuh. Zähnchen beißt auf den Handschuh ein und wirbelt diesen herum, wodurch Rafael in einen der großen, roten Vorhänge geschleudert wird, welcher seinen Sturz abfedert.

Zwei Menschliche Soldaten, welche aus dem Thronsaal stürmen, sind mittlerweile auch bei dem Lärm angekommen und versuchen Zähnchen unter Kontrolle zu kriegen. Rafael nutzt die Gelegenheit und rennt in den Thronsaal herein, um sich zu verstecken. Ein großer, goldener Thron steht in der Mitte, doch von der Stiefmutter ist weit und breit nichts zu sehen. Vorsichtig schaut Rafael sich um und entdeckt einen kleinen Tisch mit einem Schlüsselbund. Leichten Fußes klettert er hinauf und fängt an, sich die Schlüssel anzusehen, bis er einen mit einem Turmsymbol findet. Plötzlich saust ein Käfig herunter und schließt den kleinen Mäusehelden ein. Rafael wird in die Höhe gezogen, während der Tisch mit den Schlüsseln unter ihm unerreichbar wird. Er muss eine Falle ausgelöst haben.

„Was mach ich jetzt bloß?", ruft Rafael nach oben.

Da fällt ihm auf, dass sich ein Gummiband, welches in den Vorhang eingearbeitet war, um seinen Schwanz gewickelt hat, als er gegen diesen geworfen wurde.

„So. Und noch so. Und das muss so…", murmelt Rafael vor sich hin, spannt dabei das Gummiband zwischen den Gitterstäben und fädelt die Schnur aus seiner Tasche durch die Öse der Nadel.

Doch worauf soll er zielen? Unser kleiner Held verfolgt das Seil, an dem der Käfig befestigt ist, mit seinen Augen, bis ganz nach oben. Dort wird es durch einen Ring gezogen und bis in die Wand gespannt.

´Hinter der Wand muss ein Mechanismus für die Falle liegen´, überlegt Rafael.

Rafael nimmt das Ende des Seiles ins Visier, spannt die Nadel in seine Vorrichtung und lässt los. Die Nadel düst durch die Luft, schießt durchs Seil durch und verschwindet in der Wand. Ein lautes „Aua!" ertönt und der Käfig fängt an nach unten zu fallen. Zum Glück steckt der Faden, welcher mit der Nadel in der Wand verschwunden ist, im Seil, von dem Rafael das andere Ende in der Hand hält. Somit kann er sich wie bei einer Zugvorrichtung langsam nach unten lassen. Unten angekommen greift der Mäuserich nach dem Schlüsselbund und steckt einen Schlüssel nach dem anderen in das Schlüsselloch vom Käfig, bis er ein klicken hört. Rafael sammelt noch das Gummiband ein, nimmt den Schlüsselbund mit, da dieser ihm noch hilfreich werden könnte und springt los.

„Halt! Bleib stehen!", ruft eine helle Stimme.

Obwohl Rafael nicht mehr länger hier verweilen möchte, ist er verwundert, wo die Stimme her kommt. Es hört sich so an, als käme sie aus der Wand. Tatsächlich öffnet sich in der Wand eine Geheimtür und ein kleiner Maulwurf tastet sich langsam an der Wand heraus.

„Wer ist da? Und wer hat das Ding hier auf mich geschossen?", ruft der Maulwurf und hält dabei die Nadel in der Hand.

Der kleine Mäuserich ist verwundert, es scheint, als könne der Maulwurf ihn nicht sehen, obwohl er fast vor ihm steht.

„Ich bin Rafael. Ich habe lediglich versucht, mich zu befreien!", erklärt Rafael.

„Ich bin Tobi der Maulwurf. Ich bin, wie alle Maulwürfe, blind und kann mich nur unter der Erde zurecht finden. Ich wurde der Stiefmutter als Geschenk mitgebracht, doch da ich außerhalb der Erde nicht viel machen kann, hat sie mich für Aufgaben gebraucht, bei denen man einfach nur ruhig da sitzen muss, wie das Seil dieser Falle loszulassen und wieder hochzuziehen. Ich wäre schon lang weggelaufen, wenn ich nur sehen könnte wohin!", erzählt der Maulwurf seine Geschichte.

„Na ein Glück habe ich dich mit der Nadel getroffen, sonst hätte dich wahrscheinlich nie jemand hinter der Wand entdeckt! Ich bringe dich gerne hier raus, doch muss ich weiter zum Turm um die Prinzessin zu retten. Ich nehme dich huckepack und trage dich soweit es geht mit. Vielleicht finden wir ja unterwegs einen Ausweg für dich", bietet Rafael Tobi an, wobei er ihm die Nadel aus der Hand nimmt und sich in seinen Gürtel steckt.

„Die Prinzessin retten?", fragt der Maulwurf, „Ich kann zwar nichts sehen, aber ich kann für dich den Weg erschnuppern. Die Stiefmutter hat mich schon ganz oft zum Badezimmer, unterhalb vom Turm der Prinzessin, mitgenommen, um ihr als Handtuchhalter zu dienen. Bring mich in die Bibliothek und ich kann dir sagen, wo du weiter musst."

Das ist doch mal ein Angebot. Rafael nimmt Tobi auf den Rücken und Tobi hält dafür den Schlüsselbund. Zusammen laufen die beiden Gefährten los.

In der Bibliothek angekommen, tippt Tobi unserem Helden auf die Schulter: „Pssst! Ich rieche Zähnchen!"

Rafael wagt einen Blick um ein großes Regal herum und tatsächlich steht dort der große Schäferhund und knurrt grimmig ein Bücherregal an. Während sich Tobi unter einem am Boden liegenden Buch versteckt, klettert Rafael vorsichtig an einem Bücherregal hoch. Von dort aus klettert er weiter auf das Regal, vor dem Zähnchen sitzt. Geschickt hangelt er sich herunter und landet im obersten Fach. Er schaut nach unten. Es sieht so aus, als würde Zähnchen ihn direkt anstarren, doch sein Blick zielt auf das Fach unter dem Mäuserich.

Um Zähnchen aus der Bibliothek zu jagen, stemmt sich Rafael mit aller Kraft gegen eines der Bücher, welches herausfällt. In genau dem Moment streckt eine uns bekannte Katze ihren Kopf heraus, auf dem das Buch landet. Kuschel fällt zusammen mit dem Buch auf den Schäferhund herunter. Voller Schreck schnappt Zähnchen nach der Katze, welche schnell zum nächsten Bücherregal rennt. Zähnchen verfolgt Kuschel und eine Hetzjagd durch die ganze Bibliothek entsteht. Bücher und Blätter wirbeln herum, bis die Beiden tatsächlich ein Bücherregal anrempeln, welches auf das nächste kipp. Eine Kettenreaktion wird ausgelöst und ein Bücherregal nach dem anderen fällt um. Das letzte Bücherregal, kippt gegen ein Fenster, welches bricht. Daraufhin betreten zwei Soldaten den Raum, welche die Haustiere aus der Bibliothek entfernen.

Schnell rennt Rafael zu Tobi und nimmt ihn wieder auf seinen Rücken: „Das hättest du sehen müssen, das war wie ein gewaltiger Wirbelsturm, der hier durchgefegt ist!"

„Ich rieche frische Erde!", meint Tobi.

Rafael trägt Tobi neugierig bis zu dem zerbrochenen Fenster: „Da ist der königliche Garten! Da ist Erde bis zum Umfallen, dort kannst du dich wieder tief unter die Erde graben!"

Tobi freut sich: „Perfekt! Jetzt müssen wir nur noch den richtigen Weg für dich finden!"

Zusammen gehen sie in den oberen Stock der Bibliothek, wo in regelmäßigen Abständen verschiedene Türen die Wand schmücken. Rote, blaue, schön gestaltete und verrückt verzierte Türen.

Tobi tippt Rafael auf die Schulter: „Hier ist es!"

Vor ihnen ragt eine schöne Tür empor, in roter Farbe, mit einem Löwensymbol. Rafael bringt Tobi zurück zum Fenster, wo er ihn mit einem Stück Schnur abseilt, bis in den Garten. Dann widmet er sich der Tür. Er steckt den Schlüssel in das Schlüsselloch und hängt sich mit seinem ganzen Gewicht an den Schlüsselbund.

`Klick` und die Tür öffnet sich.

Vor dem kleinen Helden erscheint ein Raum mit roten Wänden und hölzerne Möbel. Obwohl der Raum aussieht wie ein Büro, ist er viel größer als die meisten anderen Räume bisher. Überall stehen kuriose Pflanzen und an den Wänden hängen Stoßzähne, Krallen und verschiedene Bilder von Tieren.

„Das hier muss das Jagdzimmer sein!", murmelt Rafael erschrocken vor sich hin.

Mit einem mulmigen Gefühl schaut er sich die ganzen komisch aussehenden Dekorationen und Felle an. Der kleine Mäuserich erblickt unglaublich viele Gegenstände, wie in einem Wimmelbild, das einzige was er nicht sieht: Eine Tür nach oben. Hat Tobi sich vielleicht geirrt?

In der Hoffnung, etwas zu finden was ihm weiterhilft, springt Rafael auf den Schreibtisch. Hier liegt außer einer Enten-Figur, einer Feder und einem Tintenfass, nur noch ein großes Blatt auf dem das Bild eines Löwen aufgezeichnet ist mit ganz vielen komischen Wörtern und Strichen dabei. Was hat das nur zu bedeuten?

Rafael schaut nach oben und fängt an zu beten: „Jesus, Ich bin jetzt bis hier her gekommen. Bitte zeig mir den Weg in den Turm."

Noch bevor er das Gebet beenden kann, erschallt ein lautes Brüllen in dem Zimmer. Neugierig, woher das Gebrülle kommt, geht Rafael zu einem Käfig, welchen er in der Wand eingelassen entdeckt. In dem Schatten sieht er kaum etwas, doch plötzlich schreitet eine große Pranke ins Licht, gefolgt von einer Zweiten. Ein rot-orangener Zottelbart leuchtet auf und ein altes Löwengesicht durchbricht den Schatten.

„Wer bist du?", fragt der alte Löwe mit angestrengter Stimme.

Erstaunt betrachtet Rafael den Löwen. Er hat noch nie zuvor eine so große Katze gesehen: „Ich bin Rafael und ich bin hier, um die Prinzessin zu retten, weißt du wie es weiter in den Turm hinauf geht?"

Der alte Löwe legt sich vor den Gittern auf den Boden: „Ich bin Jared Löwenbart und ich habe schon seit Ewigkeiten niemanden aus der Königsfamilie gesehen. Ich wurde als junges Löwenkind in der Savanne gefangen und hier in das Königshaus gebracht. Ein Geschenk für den König sollte ich sein, welcher mich im Garten leben lies. Jeden Tag besuchte er mich. Doch vor einiger Zeit wurden die Besuche immer seltener bis sie irgendwann ganz aufhörten. Eines Tages legten mich die Soldaten in Ketten und führten mich in diesen Käfig hier. Wieso sollte ich dir helfen, seine Tochter zu retten?"

Rafael tut der arme Löwe leid. Er muss schon lange nichts mehr von der Schönheit gesehen haben, die Gott in diese Welt gelegt hat.

„Dass du hier leben musst tut mir leid!", beginnt Rafael, „Doch kenne ich die Prinzessin. Sie hat ein großes Herz und ist meine beste Freundin. Sie würde dich niemals hier drin vergessen. Bitte hilf mir den Weg in den Turm zu finden. Ich verspreche dir, die Prinzessin zu dir führen, damit sie dich befreien kann!"

Der Löwe schaut die Maus unglaubwürdig, aber erstaunt an: „Du hast ja ganz schön viel Vertrauen in die Prinzessin! Also gut, was kann ich denn noch groß verlieren. Dort drüben durch die Tür geht es ins Badehaus, in dem sich ein Zugang in den Turm befindet. Die Tür ist verschlossen. Irgendwo in einer der vielen Schubladen, muss der Jäger den Schlüssel haben. Mehr weiß ich auch nicht."

Rafaels Augen glänzen: „Vielen Dank dir Jared, ich verspreche dir, dass ich dich nicht vergessen werde!"

Rasch eilt Rafael zu den Schubladen und öffnet eine nach der anderen. Er findet Notizen zu Tieren, stumpfe Pfeilspitzen, Tintenfässer und Federn. In einer Schublade, in der alte Pfeilspitzen liegen, durchsucht der kleine Mäuserich einen Stapel aus Papieren, auf denen Siegel mit Wachs zu sehen sind. Und tatsächlich findet er einen Schlüssel, auf dem ein Symbol für Wasser eingraviert ist.

Plötzlich hört Rafael Gepolter und feste Schritte auf den Schreibtisch zulaufen: „ich genehmige mir erst mal ein schönes Bad!"

Unsere Heldenmaus agiert blitzschnell und presst sich an die Rückwand der Schublade. Doch lässt er dabei den Schlüssel liegen.

„Da ist ja der Schlüssel! Komisch, warum ist denn die Schublade offen", Der Jäger nimmt den Schlüssel heraus, schiebt die Schublade wieder zu und schließt diese ab.

Rafael schimpft vor sich hin: „Das kann doch nicht sein, schon wieder gefangen! Bitte helfe mir hier heraus, Herr!"

Als die kleine Maus ihre Augen öffnet, blickt sie auf eine Pfeilspitze und ihm kommt eine Idee: „Das ist es!"

Mit seinem Degen kratzt Rafael Holz aus der Schubladen-Wand, bis ein tiefes Kreuz in der Schublade verewigt ist. Dann stemmt er eine der schweren Pfeilspitzen hoch, so dass die Spitze in der Mitte des Kreuzes liegt. Mit zwei Nägeln die in der Schublade herumliegen, spannt er das Gummiband von der einen Seite der Schublade, bis zur anderen. Mit aller Kraft lehnt er sich in das Band hinein und läuft ein paar Schritte nach hinten, bis es so schwer ist, dass er keinen weiteren Schritt machen kann. Als er seine Füße etwas in die Luft hebt, schnellt das Gummiband nach vorne und katapultiert die Maus nach vorne. Heftig schlägt er auf die Pfeilspitze auf. Durch das eingeritzte X, hat die Wand der Schublade so viel Stabilität verloren, dass Rafael samt Pfeilspitze hindurch bricht und in die Freiheit gelangt. Holprig fällt er auf den Boden, doch sein Kämpferherz hilft ihm wieder auf die Beine.

Leise schleicht Rafael durch den Spalt in der Tür, die der Jäger nicht gänzlich geschlossen hat. Staunen erfüllt Rafaels kleine Äuglein. So eine riesige Badewanne hat der Mäuserich noch nie gesehen. Sie erstreckt sich fast durch den ganzen Raum. Es fällt ihm schwer auf die andere Seite des Bades zu schauen, da riesige Schaumberge auf dem Wasser schwimmen. Doch leicht schwammig, durch den Schaum hindurch, entdecken die starken Augen unseres Helden einen Türrahmen, auf dem ein Treppensymbol eingezeichnet ist. Dort muss es weiter gehen!

Am Eingang steht eine alte Holzkiste, welche allerlei Bade-Zubehör beinhaltet. Rafael ist neugierig und klettert herein. Verschiedene Bade-Utensilien fliegen aus der Kiste: Badekappen, Seife und… ein Suppenlöffel? Warum der dort drin ist, will die kleine Maus gar nicht wissen. Ganz am Boden wird er fündig: Ein kleines Holzschiff! Es fehlt zwar ein Segel, aber zum Glück haben Mäuse ja zwei Arme mit denen man paddeln kann. Rafael zieht die kleine Schaluppe zum Beckenrand und stößt sie ins Wasser. Vorsichtig setzt er einen Fuß auf die wackelige Oberfläche um sich dann auf allen Vieren niederzulassen. Mit langsamen Armbewegungen gleitet er über das Wasser.

Große weiße Schaumberge, als würde er durch ein Eismeer fahren, tauchen um ihn herum auf, bis er nichts mehr vor sich sieht. Schaufelbewegungen mit den Händen bahnen dem kleinen Mäuserich einen Weg durch den Schaum. Dann taucht ein großer Kreis umgeben von Wänden aus Blasen auf, ähnlich wie eine Lichtung im Wald. Rafael hat die Orientierung verloren. Lediglich die schön bemalte Decke des Bades, welche Aussieht wie der Sternenhimmel, kann er noch sehen. Ein Schatten, wie der eines großen Tieres, bahnt sich durch die Schaumwände. Rafael bekommt Angst, doch stellt seine Füße fest auf den Boden des Schiffes. Der Angst zum Trotze, hält er die Spitze seine Nadel in die Richtung des Ungetüms. Langsam bewegt sich die Maus mit ihrem Boot auf den Schatten zu. Was auch immer hinter dem Schaum lauert, baut sich riesig vor Rafael auf. Es ist…

Eine Gummiente. Bevor Rafael begreift, was sich auf ihn zubewegt, schwimmt das gelbe Tier zu nah an den Mäuserich heran, worauf sich die Nadel in die Ente bohrt. Laut platzt das Gummi-Tier und zischt durch das Bad. Aus dem Loch, welches nun in der Ente ist, entweicht schnell Luft.

So schnell, dass unser Held hinter der Ente hinterher gezogen wird, da die Nadel fest im Gummi steckt. Nach kurzer Zeit hebt die Ente, samt der Maus ab und fliegt kreuz und quer durch den Raum.

„Hilfeee!", schreit die Maus, die durch die Luft gewirbelt wird.

Das Duo fliegt durch die Luft, doch verlieren sie schnell an Höhe und irgendwann landet Rafael mit seinem Mäuse-Popo unsanft auf dem Boden. Als er seine Augen öffnet, kann er seinen Augen nicht glauben: die Tür! Endlich ist es soweit, er muss nur noch durch die Tür gehen und die beiden Freunde sind nur noch eine Treppe voneinander entfernt.

„Eine Maus! Wieso tauchen die gerade überall hier auf?", ruft der Jäger, welcher die ganze Zeit mit Rafael im Wasser gewesen sein muss.

Wütend steigt er aus dem Becken heraus, greift einen Besen, der an der Wand lehnt und schlägt damit nach Rafael. Heldenhaft weicht dieser aus, springt herum und versucht zur Tür zu kommen. Doch der Jäger schlägt den Besen so präzise vor die Tür, dass die flinke Maus die Richtung wechseln muss. Glücklicher Weise kann er sich in einer Nische zwischen Steinen der Wand retten. Jetzt sitzt er in der Falle. Seine Nadel steckt immer noch in der schlaffen Gummi-Ente, der Jäger lauert vor Rafaels Versteck. Es sieht gerade sehr schlecht für die Maus aus.

„Ich brauche Hilfe Jesus! Ich bin doch fast da!", fleht der kleine Mäuserich.

Er sieht, dass die Tür zum Turm einen Spalt weit offen steht. Motiviert, dass die Distanz nicht mehr weit ist, sprintet er los, zwischen den Beinen des Jägers durch. So schnell wie jetzt, ist Rafael noch nie gerannt. Wieder kommt der Besen genau vor der Nase unseres Helden auf und schleudert ihn zur Seite. Erneut rennt unser Held mit aller Kraft auf die Tür zu, doch der Besen folgt ihm. Rafael fliegt durch die Luft und rutscht über den Boden. ´Der Boden ist aber auch rutschig´, denkt sich der Mäuserich. Da kommt ihm eine Idee: Er schaut sich im Raum um und entdeckt einen Bottich mit Wasser. Schnell wechselt er seine Laufrichtung von der Tür zum Bottich, was den Jäger lang genug verwirrt, um der Maus einen Vorsprung zu verschaffen. Beim Bottich angekommen schaut er sich um und wird fündig. Ein Stück Seife. Rafael rennt am Becken vorbei zu einer Pfütze, in die er das Stück Seife vor sich wirft und aufspringt.

Innerhalb von Sekunden wird Rafael schneller als eine Kutsche mit 10 Pferden. Geschickt manövriert er am herab sausenden Besen vorbei, durch die Beine des Jägers und schnellt auf die Tür zu, direkt auf den Türspalt. Als letzten Versuch unseren Helden aufzuhalten, wirft der Jäger den Besen Richtung Tür. Er trifft. Langsam fällt die Tür ins Schloss. Doch in den wenigen Sekunden in denen Rafael auf die Tür zu rast, fällt der Besen genau vor das Stück Seife, welches daraufhin abrupt gebremst wird. Rafael jedoch nicht. Im hohen Bogen fliegt dieser durch den Spalt. Dann gibt es ein lautes `Klick` und die Tür ist zu.

Nun kann den heldenhaften Mäuserich nichts mehr stoppen. Er rennt die Stufen des Turmes hinauf.

„Cynthia, ich komme!", ruft Rafael die Stufen hinauf, auch wenn er weiß, dass dies für die Prinzessin nur Piepsen in den Ohren ist. Doch sie wird wissen, dass er es ist.

Stufe für Stufe sprintet er herauf, als er mit einem Mal vor Schreck stehen bleibt.

„Wusste ich doch, dass ich dich hier finde!", begrüßt die Stiefmutter den Helden, „Du bringst nichts als Unglück und Chaos in mein Haus und spielst deine gemeinen Spielchen mit meinen armen Haustieren, Kuschel und Zähnchen. Doch das ist nun vorbei!"

Die Stiefmutter quetscht Rafael fest in ihren Händen. Verzweifelt überlegt der mutige Mäuserich, wie er aus dieser Situation raus kommt. Ihm bleibt keine andere Wahl. Er öffnet weit seinen Mund und beißt zu. Die Stiefmutter schreit laut auf und schüttelt ihre Hand. Durch Rafaels festen Biss, wird dieser mit geschüttelt. Als er seinen Biss löst, fliegt er durch die Luft. Zähnchen ergreift die Chance, springt und schnappt nach Rafael. Dieser setzt in der letzten Sekunde seinen Fuß auf die Nase und stößt sich ab. Durch den Sprung des Hundes wird Rafael allerdings noch weiter in die Höhe katapultiert, direkt aus einem Fenster raus.

Wieder fällt Rafael in die Tiefe, den ganzen Turm herunter. Diesmal fängt ihn kein Dach auf. Der kleine Held fällt, bis...

... Rafaels Sturz abrupt endet. Ganz verwirrt schaut er sich um. Den Boden hat er noch nicht erreicht, er fällt aber auch nicht mehr. Ein kleiner Nagel steckt etwa 3 Meter über dem Boden zwischen den Steinen und an diesem, hat sich die Tasche des kleinen Mäuserichs verfangen. Rafael hält sich nun an dem Band der Tasche fest. Die Schnur allerdings, mit der er die Tasche geflickt hat, hängt so am Nagel, dass sie vom Gewicht der Maus langsam ausgefädelt wird, wodurch der Mäuserich langsam zu Boden gleitet. Unten angekommen stellt der Mäuserich fest, dass er die Tasche nicht mehr benutzen kann. Er ist am Boden zerstört. Fast wäre er bei Cynthia gewesen, und nun? Jetzt steht er wieder ganz unten, im Hof des Königshauses. Mitten im Hof, setzt er sich hin. Er sitzt einfach nur da, bis ihm langsam die Tränen kommen.

„Du hast mich den ganzen Weg bis nach oben gebracht!", schreit die kleine Maus traurig und wütend in den Himmel, „Und jetzt?"

Demotiviert und verzweifelt reflektiert die kleine Maus seine Situation: In der kurzen Zeit kann er diesen Weg nicht erneut zurück legen. Selbst wenn es nicht im Haus von Angestellten der Stiefmutter wimmeln würde, die nur darauf warten ihn zu fangen, Zähnchen und Kuschel weit weg und alle Türen weit geöffnet wären, bräuchte es trotzdem noch ganz schön viel Mäusekraft um so schnell nach oben zu kommen. Bald ist die Krönung und er wird seine Cynthia nie wieder sehen.

Langsam verwandeln sich die vorher weißen Wolken nun in eine graue, finstere Masse. Um nicht dem Gewitter ausgeliefert zu sein, hält Rafael Ausschau nach einem Unterschlupf. Er erblickt ein kleines Gebäude aus Stein, in das er sich flüchten kann. Im Schein der letzten Sonnenstrahlen, die bald von Regenwolken verschlungen werden, sitzt ein Mann auf den Treppenstufen.

Ein Donnergrollen dröhnt durch den Himmel und die ersten Regentropfen fallen auf den Boden. Rafael rennt auf den alten Mann zu.

„Schnell, wir sollten rein gehen, ein Gewitter zieht auf!", ruft Rafael durch den starken Wind hindurch.

Der alte Mann schaut den Mäuserich an und hält ihm seine Hand hin, als Geste, dass Rafael aufspringen kann. Gemütlich und ruhig bringt der Mann sich und Rafael ins Trockene.

Innen scheinen ein paar Kerzen und ein Feuer brennt im Kamin. Am Ende des Raumes, auf einer Erhöhung, steht ein hölzernes Pult, über dem ein Mosaik aus gefärbten Glas leuchtet.

Der Mann betrachtet Rafael fürsorglich: „Ich wusste, dass es gewittern wird, deshalb wollte ich noch ein paar Sonnenstrahlen genießen. Zu dem hatte ich den Eindruck, ich solle noch auf einen Besucher warten. Wie heißt du denn? Ich bin Bruder Jon"

Rafael kann es kaum glauben: „Du kannst mich verstehen? Das kann sonst kein Mensch!"

Jon setzt den verwunderten Rafael auf eine Holzbank: „Ich höre einfach gerne genau zu! Wieso hast du vorhin eigentlich in den Himmel gebrüllt? Du scheinst recht traurig zu sein."

Rafael lässt seine Schultern hängen und klagt Jon sein Leid: „Ich habe versagt. Meine Cynthia braucht mich und ich war so kurz davor, sie zu retten. Eine Taube hat mich gejagt, ich habe mir einen Weg durch das ganze Königshaus gekämpft, war fast bei ihr und hab es dann verpatzt. Ich bin der Stiefmutter direkt in die Arme gelaufen. Am Ende bin ich nun mal doch nur eine kleine Maus."

„Das stimmt! Du bist eine kleine Maus und ja, versagt scheinst du auch zu haben," stellt Jon fest, „Aber Versagen gehört zum Leben dazu. Es kommt darauf an, was wir mit unserem Versagen anstellen. Lassen wir unseren Kopf hängen und geben auf, oder lernen wir daraus und tun das, was wir können, mit dem, was wir haben, dort, wo wir sind, um uns zurück zu kämpfen? Ich war früher der Priester der Königsfamilie, doch die Stiefmutter hat jemanden in das Amt eingesetzt, der es nicht wagen würde sie zurecht zu weisen. Sie hat mich in diese kleine Kapelle verbannt. Doch ich pflege dieses Gebäude und höre auf Gott, wie ich ihm hier dienen kann. Wie zum Beispiel, eine kleine Maus aufzumuntern, wenn sie niedergeschlagen ist."

Rafael läuft eine Träne über die Wange läuft. Er schaut zu Jon hoch und kann sich ein kleines Lächeln nicht verkneifen.

„Was soll ich jetzt tun?", fragt die kleine Maus überwältigt von ihren Gefühlen, „Cynthia hat nicht mehr lange Zeit. Ich muss sie befreien, doch weiß ich nicht, wie ich in der kurzen Zeit in den Turm kommen soll!"

RUMMS! Vom Dachboden der Kapelle hört man ein lautes Poltern, als wäre etwas umgefallen.

Der alte Mann wirft Rafael ein Lächeln zu und schaut nach oben: „Ich bin schon viel zu alt, um die Leiter nach oben hoch zu klettern, würdest du das für mich tun?"

Das lässt Rafael sich nicht zwei mal sagen. Vorsichtig klettert er die Stufen herauf, bis er seinen Kopf durch die dunkle Bodenluke nach oben strecken kann. Der Dachboden ist sehr dunkel und Rafael erkennt nur Umrisse. Er fragt Jon, ob dieser ihm eine Kerze reichen kann. Die kleine Kerze muss der Mäuserich auf Grund ihrer Größe mit zwei Händen heben. Im Schimmer der Kerze kann Rafael nun etwas besser sehen. Kaputte Stühle, alte Kisten und ein hölzernes Pult. Vorsichtig untersucht Rafael nach und nach den Dachboden, bis er Schritte hinter sich hört. Die Schritte hören sich an, als würden dünne Äste immer wieder über den Boden gekratzt werden. Nervös dreht sich unser Held um, doch es ist nichts zu sehen. Konzentriert und angestrengt kneift Rafael die Augen zusammen, um zu erkennen, was dieses Geräusch verursacht hat. Erkennen kann er allerdings nichts und dreht sich wieder um.

„Ahhhhh!", erschreckt Rafael sich vor den acht Augen, die ihn nur eine Armlänge von ihm entfernt anstarren (und Mäusearme sind nicht gerade lang), „Hilfe, eine Spinne!"

„Ahhhh, Wo?!", schreit das Tier direkt vor ihm und hält sich vier der acht Beine schützend über den Kopf.

Rafael ist jetzt nicht mehr nur verängstigt, sondern zusätzlich auch noch verwirrt: „Na, du bist die Spinne!"

Beruhigt senkt die Gestalt vor ihm die Arme und setzt ein Lächeln auf: „Ach so, ja, das vergesse ich hin und wieder. Wer bist du?"

„Ich bin Rafael", stellt sich die kleine Maus vor, „Du scheinst ja gar nicht so böse zu sein, wie man von Spinnen immer glaubt. Wie ist denn dein Name?"

Die Spinne streckt eines ihrer Beine als begrüßende Geste zu Rafael und antwortet: „Ich bin Spiona! Ich war früher mal die Spinne im Königshaus und habe die Königsfamilie vor den Angriffen der Moskitos beschützt! Doch jetzt muss immer alles sauber sein und es war kein Platz mehr für mich und meine Netze."

Rafael schaut der Spinne tief in die Augen. Jetzt wo sie direkt vor ihm steht, ist sie gar nicht mehr so gruselig. Ganz im Gegenteil: Rafael ist fasziniert von ihr und der Anzahl ihrer Beine.

„Ich habe früher auch im Königshaus gelebt", Rafael, der nun deutlich entspannter ist, erklärt, „Doch ich wurde herausgeworfen. In einer heldenhaften Rettungsmission habe ich versucht die Prinzessin zu retten, doch nun bin ich hier und habe keine Möglichkeit mehr rechtzeitig zu ihr zu kommen."

Gespannt hört Spiona dem Mäuserich zu und versucht ihm zu helfen: „Ich habe eine Idee, aber dafür musst du das Licht löschen, komm mit!"

Die Spinne führt unseren kleinen Helden tiefer in die finsteren Ecken des Dachbodens. Nachdem Rafael die Kerze gelöscht hat, wie von Spiona angewiesen, verschwinden die beiden in der Dunkelheit.

„Mir nach!", ruft Spiona.

Der kleine Mäuserich folgt der Stimme und dem Geräusch der krabbelnden Beine. Einen Schritt nach dem Anderen setzt er, bis er Spiona anrempelt, die stehengeblieben ist. Nun stehen sie vor einer Wand, durch die Lichtstriemen von draußen eindringen.

„Was machen wir hier?", flüstert die kleine Maus fragend zu Spiona.

„Wir sind da!", erklärt Spiona und ruft laut, „Wir haben Besuch!"

Über ihren Köpfen fängt es an hektisch zu flattern. Rafael sieht wie ein Schatten über ihnen herunter fällt. RUMMS! Etwas Licht, das zwischen losen Brettern in den Dachboden scheint, lässt den Mäuserich erkennen, was hier vor sich geht. Vor den Füßen unseres Helden liegt eine große Fledermaus mit zwei spitzen Zähnen, die leicht nach Links und Rechts abstehen.

„Guten Tag!", begrüßt die Fledermaus Rafael leicht lispelnd, „Ich bin Levi. Wer bist du?"

Rafael stellt sich vor und erzählt seine Geschichte: „... Und jetzt muss ich irgendwie hoch in den Turm kommen!"

Fasziniert hört Levi der Geschichte zu und nimmt eine Denker-Pose an: „Das hört sich natürlich nach einem Problem an. Wenn wir doch nur jemanden kennen würden, der fliegen kann!"

Während die Fledermaus sich den Kopf zerbricht, schauen sich Rafael und Spiona unglaubwürdig an.

„Du kannst doch Fliegen!", schlägt Spiona vor.

„Ich? Aber ich bin noch nie in meinem Leben geflogen!", wendet Levi ein, „Ich bin hier auf dem Dachboden groß geworden und ernähre mich von den Insekten, die sich hier her verirren. Ich weiß nicht, ob ich fliegen kann!"

Während der Wind des Sturmes an die Wand der Kapelle schlägt, überlegt Rafael: „Das ist tatsächlich hinderlich für unseren Plan."

Lange schweift er mit seinem Blick über den Dachboden. Der Mäuserich entdeckt einen kaputten Bogen und einen Haken.

„Ich glaube, ich habe eine Idee...", grübelt der kleine Mäuserich.

Zusammen laufen die Drei Freunde zu einem Fenster, welches zum Turm zeigt. Rafael steckt die kaputten Enden des Bogens in die steinerne Wand, eins auf der linken und eines auf der rechten Seite, so dass die Bogensehne quer den Raum durch gespannt ist. Damit die Konstruktion hält, steckt er noch Nägel zu den Enden des Bogens.

Motiviert gibt Rafael Anweisungen für seinen Plan: „Spiona, spinn so viel Spinnenseide wie du kannst!"

Sofort fängt Spiona an ein dünnes Seil aus Seide zu produzieren, welches unser Held an Levis Fuß befestigt.

„Du wirst uns einen Weg ebnen!", erklärt er Levi, „Wir schießen dich dort hoch!"

„Ihr macht was?!", erschrickt die Fledermaus und setzt ein paar Schritte zurück.

„Wir schießen dich dort hoch!", wiederholt der Mäuserich mit vergnüglicher Stimme, „Der Wind weht gut und du hast Flügel. Du wirst es am ehesten von uns bis nach oben schaffen. Dann klettern wir am Seil hinter dir her!"

Levi ist sich sehr unsicher und möchte lieber auf seinem sicheren Dachboden bleiben, doch Rafaels Mut ist der Fledermaus ein Vorbild. Er hat zwar noch Angst, aber vertraut Rafaels Plan. Zu dritt ziehen sie Bogensehne so weit zurück wie es nur geht und versuchen auf das Turmfenster zu zielen.

„Wenn du in der Luft bist, musst du deine Flügel ausbreiten!", rät Rafael dem Versuchskaninchen.

Spiona zählt runter: „3... 2... 1... Los!"

Das Gummi zischt nach vorne und schleudert die Fledermaus aus dem Fenster. Doch Rafael und Spiona waren nicht darauf vorbereitet, dass sich das Seil um ihre Füße bindet, wodurch sie mit gezogen werden.

Der Sturmwind weht stark und als Levi seine Flügel ausbreitet, werden die drei Piloten nach oben geweht. Donner und Blitze tanzen durch den düsteren Himmel und erhellen diesen in regelmäßigen Abständen. Levi verliert die Kontrolle und wirbelt herum. In der Zwischenzeit sind Rafael und Spiona auf Levis Rücken geklettert.

„Du musst deine Flügel einziehen!", ruft Rafael durch den Sturm, „Vertrau mir!"

Unwillig zieht Levi seine Flügel wieder ein und im Sturzflug rasen die Gefährten auf den Boden zu. Rafael nimmt die Hände der Fledermaus. Etwa auf Turmhöhe zieht Rafael die Arme von Levi nach oben, worauf sich seine Flügel wieder öffnen und drei Abenteurer durch die Luft gleiten.

„Ich fliege!", ruft Levi voller Freude.

Die drei Freunde fliegen direkt auf das Turmfenster der Prinzessin zu. Allerdings hat niemand herausgefunden, wie man bremst. So rasen sie durch das Fenster und landen mit einer Bruchlandung im Bett der Prinzessin.

„Ahhhhh!", schreit Cynthia laut los.

Ängstlich geht die Prinzessin langsam auf das Bett zu in dem sich eine große Beule unter der Bettdecke gebildet hat.

Vorsichtig nimmt sie die Decke hoch: „Rafael! Du lebst!"

Cynthia nimmt ihren verloren geglaubten Freund hoch und umarmt ihn. Rafael schmiegt sich fest an seine Freundin. Endlich sind sie wieder vereint.

Dann fällt ihr blick auf die anderen Tiere im Bett: „Oh, und du hast ja spezielle Freunde mitgebracht."

Levi und Spiona schauen die Prinzessin mit großen Augen an, wodurch ihre erstmalige Furcht schwindet. Liebevoll streichelt sie den Freunden von Rafael über den Kopf.

„Ach Rafael, ich freue mich, dass du wieder da bist,…", freut sich die Prinzessin, „aber jetzt bist du mit mir hier gefangen."

„Keine Sorge Prinzessin, wir holen dich hier schon raus!", erklärt der Mäuserich hoffnungsvoll der Prinzessin, welche nur ein piepsen vernimmt.

Trompeten erschallen laut und spielen eine bekannte Musik.

„Die Krönung der Stiefmutter, sie beginnt!", ruft Rafael erschrocken, „Uns bleibt nicht viel Zeit!"

„Aber wie bekommen wir diese Tür auf?", fragt Spiona angespannt vom Klang der Trompeten.

Rafaels Blick fällt auf den Frisiertisch der Prinzessin, auf dem allerlei Dinge liegen, wie Spiegel, Parfüm, Haarnadeln, ein Kerzenständer und vieles mehr. Der Mäuserich hat bereits eine genaue Idee, wie er den Kerzenständer verwenden kann, um die Tür zu öffnen. Doch zuvor nimmt er eine der Haarnadeln und bindet sich diese als Degen an die Hüfte. Um den Mechanismus von Rafael zu bauen, braucht er die Hilfe seiner Freunde. Spiona wird angewiesen Seide zu spinnen und Levi soll schon mal auf den Kronleuchter hoch fliegen. Gekonnt schubst er den Kerzenständer vom Tisch herunter und zieht ihn zu Tür. Jetzt muss er diesen nur noch richtig platzieren.

„Rafael, das ist eine Gute Idee!", jauchzt die Prinzessin und nimmt den Kerzenständer von dem Platz, an dem er gerade erst von Rafael richtig ausgerichtet wurde.

Rafael, Spiona, die noch Spinnenseide in den Händen hält und Levi schauen verdutzt dabei zu, wie Cynthia ihren Plan zunichte macht und mit der platten Seite des Kerzenständers barbarisch immer wieder mit voller Kraft auf das Holz um das Türschloss herum einschlägt, bis die Tür aufbricht.

„Das wäre geschafft! Schnell nach unten!", ruft Cynthia ihren Freunde hinter sich zu.

Spiona krabbelt auf Levis rücken, der mittlerweile Freude am Fliegen gefunden hat. Zusammen folgen sie der Prinzessin, während Rafael auf ihre Schulter klettert. Die Truppe sprintet die Treppe herab, durch das Bad durch, bis in das Jagdzimmer. Da erblicken sie den Käfig, zu dem Rafael hineilt. Mit einer bittenden Geste zeigt Rafael auf den Käfig, woraufhin die Prinzessin sich vor diesem nieder kniet und sich Jared den Löwen genauer anschaut. Er sieht sehr müde und traurig aus, weshalb Cynthia ihm liebevoll über den Kopf streichelt. Erneut erschallen die Trompeten.

„Wir müssen schnell weiter, um die Krönung zu verhindern!", erklärt Cynthia und gibt Spiona und Levi einen Auftrag, „Ihr beiden versucht unseren gefangenen Freund hier zu befreien!"

Hastig krabbelt Spiona zu Jared in den Käfig, während Levi zu den Schubladen fliegt und diese durchwühlt. Daraufhin läuft die Prinzessin mit Rafael auf der Schulter weiter zum Thronsaal. Nun stehen sie am Ende des Flures, auf dessen anderen Seite die große Doppeltür liegt.

Doch so einfach wird es für die Freunde nicht, diese zu erreichen. Vor der Tür steht Zähnchen mit gefletschten zähnen und knurrt die beiden an. Seine Augen haben Rafael anvisiert und seine ganze Körperhaltung deutet einen Kampf an. Langsam läuft er auf Cynthia und Rafael zu. Durch die angespannte Situation, erschrickt Cynthia als Froshua und Tobi vor ihr auftauchen und holt zum Tritt aus. Diese fliegen im hohen Bogen auf einen Kronleuchter

„Oh nein, das tut mir Leid!", ruft die Prinzessin.

Rafael erkundigt sich nach den Beiden Weggefährten: „Geht es euch gut?"

Tobi, der sich mit aller Kraft an den Kronleuchter klammert, antwortet verängstigt: „Alles gut, aber wo sind wir?!"

„Rafael, wir haben dich fliegen sehen und gehört, dass du Hilfe brauchst!", ruft Froshua, während er versucht den blinden Tobi zu beruhigen.

Rafael beobachtet die Situation, sieht das Seil an dem der Kronleuchter hängt und macht Froshua darauf aufmerksam: „Der Kronleuchter wird vom Seil gehalten!"

Zähnchen wird ungeduldig und rennt auf die Prinzessin und die Maus zu. Mit aller Kraft wirft Rafael seinen Degen zu Froshua, der damit das Seil, an dem der Kronleuchter hängt, durchschneidet. Der Kronleuchter rast in die Tiefe und Froshua und Tobi mit ihm. Doch in letzter Sekunde fliegt Levi vorbei und rettet die beiden. Kurz darauf kommt auch Spiona auf dem Rücken von Jared dem Löwen angeritten. Zähnchen jault laut auf, da der Kronleuchter ihn unter sich fängt. Levi setzt Tobi den Maulwurf auf Jareds Rücken, Froshua auf dem Boden ab und landet daneben. Rafael springt von der Schulter der Prinzessin und läuft zu dem Gefangenen.

Zähnchen ist eingeklemmt. Leise jault er vor Schmerzen. Jetzt wo Rafael vor diesem sonst so bösartigen Tier steht, hat er tiefes Mitleid. Mit einer bittenden Geste, deutet Rafael auf den Hund. Cynthia versteht, beugt sich zu Zähnchen herab, streichelt ihn beruhigend und hebt den Kronleuchter an. Ganz berührt von der Güte der Prinzessin, wedelt er mit dem Schwanz und beugt sich vor ihr nieder.

„Willkommen im Team mein Freund!", jubelt Rafael dem neuen Verbündeten zu.

Die mittlerweile recht große Truppe, bestehend aus Froshua, Tobi, Jared, Levi, Spiona, Cynthia und Rafael, marschieren zu der großen Flügeltür. In der Sekunde, als die Trompeten das dritte mal erschallen, schwingt die Tür auf und die Freunde betreten den Thronsaal, welcher mit allerlei Wachen, Adelsleuten und Freunden der Stiefmutter gefüllt ist. Auf dem Thron sitzt die Stiefmutter, welche gut bewacht wird. Ihr Priester hält ihr bereits die Krone über den Kopf.

Bedrohlich stellen sich die Soldaten dem Trupp in den Weg, doch die Freunde kämpfen sich durch. Tobi der blinde Maulwurf lenkt Jared den Löwen durch die Soldaten, welche reihum umfallen. Froshua springt in eine leere Deko-Rüstung und wirbelt darin so umher, dass sich die Rüstung wie wild dreht und alle Soldaten drum herum umwirft. Spiona webt ihren Faden, welchen Levi in gekonnten Flugmanövern um die Beine der Soldaten bindet, welche dadurch über ihre eigenen Füße stolpern.

Cynthia, Rafael und Zähnchen rennen zum Thron. Kuschel, die auf dem Schoß der Stiefmutter liegt, steht auf und stellt sich ihnen entgegen. Zähnchen knurrt die Katze an, welche auf ihn zuspringt. Ein furchtbarer Kampf entsteht, doch nun stehen Rafael und Cynthia der Stiefmutter gegenüber.

„Sieh nur an was du angerichtet hast!", blafft die Stiefmutter Cynthia an, „Hättest du nicht einfach in deinem Turm vergessen bleiben können? Und diese Maus bringt mich noch um den Verstand!"

„Du hast mir meinen Vater genommen und fast meinen besten Freund, du wirst nicht auch noch mein Königreich an dich reißen!", stellt sich Cynthia ihr entgegen.

In der Zwischenzeit klettert Rafael von Cynthias Schulter herunter, zum Bein des Priesters. Dort beißt er kräftig rein. Schmerzvoll schreit dieser auf und lässt die Krone fallen. Blitzschnell greift sich Rafael die Krone und rennt los. Mit aller Kraft schubst die Stiefmutter Cynthia zur Seite und stellt sich ihm in den Weg.

Da kommt Levi angeflogen mit Spinnenseide an seinem Fuß: „Brauchst du eine Mitfahrgelegenheit?"

Schnell ergreift Rafael das Seil und wird von Levi in die Höhe gezogen mit samt der Krone. Eine Verfolgungsjagd mit der Stiefmutter entsteht.

„Levi! Flieg uns zum Jagdzimmer!", ruft Rafael seinem Freund zu.

„Alles klar Chef!", antwortet dieser und gleitet in den Flur.

Kuschel steht im Gang und setzt zum Sprung an, doch wird der Kater von Zähnchen nach unten gezogen und die Verfolgungsjagd geht weiter. Sie düsen durch den Flur, durch die Bibliothek bis in das Jagdzimmer, wo Levi und Rafael ein Wendemanöver machen und dabei die Krone hinter die Gitter des Käfigs werfen. Die Königin rennt ohne nachzudenken der Gold glänzenden Krone hinterher. Blitzschnell schließen die Freunde die Käfigtür.

„Endlich habe ich die Krone! Sie ist mein!", ruft die Stiefmutter durch die Gitterstäbe hindurch.

Cynthia ist mittlerweile auch im Jagdzimmer angekommen und schaut die Stiefmutter mitleidig an: „Hat sich das wirklich gelohnt? Für die Krone einen solchen Kampf anzuzetteln und im Käfig zu enden?"

Doch die Königin reagiert darauf nicht mehr, diese hat nur noch Augen für das Schmuckstück in ihren Händen. Cynthia, Rafael und Levi begeben sich wieder zurück in den Thronsaal. Die Soldaten, die nicht auf dem Boden liegen, erkennen Cynthias Sieg an und knien vor ihr nieder, als diese an ihnen vorbei läuft.

Ein paar Tage später erklingen die Trompeten erneut. Doch diesmal sitzt nicht die Stiefmutter auf dem Thron. Alle Freunde, die bei der Befreiung von der Prinzessin geholfen haben, finden sich im Thronsaal wieder. Hinter dem Thron, auf dem Cynthia sitzt, steht Pastor Jon und hebt eine Krone über ihren Kopf.

„Und der Segen Gottes begleite dich in deiner Herrschaft!", betet Jon, „Hiermit kröne ich dich zur Königin!"

Alle Freunde klatschen in die Hände, jubeln und feiern.

Cynthia steht auf und kniet herab zu Rafael, welcher in der erster Reihe vor ihrem Thron steht: „Und dich, mein kleiner, treuer Helfer und Freund, ernenne ich, mit der mir neu verliehenen Autorität, zum obersten Ritter und persönlichen Leibwache der Königin!"

Rafael kann sich nicht halten und springt in die Arme seiner Freundin. Von hier will er nie mehr weg.

Er zwinkert hoch in den Himmel und flüstert: „Danke dir. Danke dir für alles!"